KB003609

쉬어가는 나무

쉬어가는 나무

최옥수 시집

효림

차례

I

인생이란

자기만의 인생
홀로 왔다가 홀로 가는 인생
하루살이와 칠십살이 인생
밉게 보면 잡초 아닌 풀이 없네

살아온 날들

내가 지금까지 살아온 날들을
빨랫줄에 빨래 널 듯
널어 보고 싶다

오늘까지 걸어온 길 되돌아가라면
나는 안 보리 나는 안 가리
왔던 길 뒤돌아 가지 않으리

때 끼고 얼룩진 옷가지라며
금호강 맑은 물에
비누 풀어 희게 희게 씻어

바람 없고 비 없는 날
다시 다시 가고파라

잿빛 무상

잿빛 바랑에 무상을 짊어지고
단거리가 아니라
장거리 마라톤 같은 인생

나는 내가 미워질 때가
너무도 많다

돌고 돌아가는 인생
도랑물 고인 물 자연수라 맛이 있는
어릴 때 자란 고향
문득문득 가고파라

과거와 오늘

내가 자란 산촌마을
높고 낮은 산들이 사면으로 둘러 있고
산 아래 초가삼간 옹기종기 모여 살던
나의 어린 시절

언니 오빠 동생 셋 그리고 나
육 남매 부모님과 단란하게 지내며
사계절 변해가는 산천을 보면
고추잠자리 떼를 지어 날아다니고
밤이면 반딧불이 이곳저곳 날아다니던
나의 어린 시절

대문이 없고
창호지 한 장으로 방 안을 가리고 살아오신 부모님들
조금의 별미라도 큰집 작은집 담 너머로
서로 정을 나누면서 살아오신 부모님들

볏짚으로 지붕을 만들고 흙으로 집을 짓고
무명옷과 고무신에 사람과 접하는 것 모두가
부드럽고 순수하던
나의 어린 시절

세월은 흘러 흘러 지금의 사람들
이웃이 없고 집안끼리도 누가 누구인지 잘 모르고
지금의 주위를 둘러보며 벽돌로 집을 짓고
딱딱한 구두, 아스팔트로 길이 되고
어느 것 하나 부드러운 것이 없다
이웃에 누가 살든 무관심이 벽이 되고
서로가 서로를 경계하며 사람이 무서운 세상

신이시여
왜 이리도 변해가는지
많이들 배우고 먹을 것도 많은 이 시절에

허공

내가 기어 다닐 때가
어제같이 느껴지는데
내가 나이인지 허허
내가 낳은 아들이
삼십이 되었구나

이 자리가 내 자리인지
이 길이 내 길인지
꿈 같은 세상살이
아침 햇살 창을 두드리며
나를 깨운 지도 오십오 년

세월 가도 해님은
오늘도 어김없이 창가에 와
무섭게 나를 깨우네

"그렇다.
생명은 허무하다
참고 견딘 수많은 날들
이 새장 같은 벽을 차고
한 마리 백조 되어
멀리멀리 날아가라"

삶의 여행

문득 발을 멈추고 가쁜 숨을 고른다
가야 할 길보다 이미 지나온 길이 아득히 멀다

과거보다는 미래가 훨씬 짧게 남았지만
왠지 지나온 과거가 잠깐인 것만 같다
아쉬운 얼굴로 뒤돌아본다

몇 움큼의 추억만 남고
내 손 안에 있다고 생각했던
많은 것들이 술술 빠져나가
자꾸 빈손을 들여다본다

그러다 문득 깨닫는다
여생은 하나하나 버리는 시간임을
가지려 애쓰던 것들 모두 잊고
아무것도 없음으로 존재하는 것임을

업장

산사의 비탈길
자그마한 이 중생
밤하늘 별을 이고
그림자 앞서라
나를 따라 동행하네

발걸음 한 발 한 발
힘든 고행 등에 업고
이 몸 왔소이다

존엄하신 부처님께
두 손 합장 꿇어앉아
할 말을 잊은 채
고개 숙여 앉았노라

꽃 중의 꽃

꽃 노랑 꽃 장미가 곱다 해도
엄마 속에 심어 키운
아들 꽃 딸 꽃
누가 가히 비교하리

세상에 나왔을 때
방실방실 웃는 꽃
밥 먹고 자라며
아장아장 걷는 꽃
이 꽃 저 꽃 좋은 꽃
부모 자식 사랑 꽃

아버지는 뿌리 되고
어머니는 줄기 되어
꽃도 되고 열매 되는
아들딸 아니던가

뿌리도 소중하고
엄마 역할 잘하여서
꽃도 열매도 지지 않게
힘찬 줄기 되어주세

천국의 동심초

시대가 아무리 어두워도
아이들 웃음 소리는 밝다

오늘의 현실이 고달파도
그들에게는 내일의 꿈이 있다

눈물보다는 미소가
절망보다는 희망이 넘치는 동심

어린 동생 힘겹게 업고 다니면서
배가 고파 괜히 물만 잔뜩 마신 날도

골목길에서 들려오는 아이들 목소리는
해맑고 높았다

아이들의 마음 같아야

천국에 들어갈 수 있다면
동심은 바로 천국의 열쇠

돌아보면 어느 시대이건
천국이 있었던 셈이다
누구에게나 어린 시절은 존재했으므로

하루살이와 칠십살이

여름밤 아주 작은 하루살이
아주 미세한 여러 개의 다리와 잘 보이지 않는 날개로
숨 가쁘게 부지런히 날다가 아차 하는 순간
거미줄에 부딪혀 하루를 채 살지 못하는 하루살이

사람의 칠십 인생
칠십을 살기 위해 수많은 날갯짓을 해야 하는 칠십살이
내 것도 아닌 너의 것도 아닌 주인 없는 허공 속에서
낮 꿈처럼 밤 꿈처럼 날갯짓을 하며
내가 주인인 듯 너가 주인인 듯
기세등등 권세 부리는 어리석은 사람들

여름밤 작은 벌레를 우습게 보지 말자
우리와 동등한 생명체란다
하루를 사나 칠십을 사나
마치는 순간에는 내가 가진 모든 것 두고 가는 것을

탐심 욕심 다 버리면 그것이 극락이요 정토인 것을

우리는 잡을 것도 없고 잡히지도 않는 허공 속을

빙빙 돌다 가는 칠십살이

아름다운 봄날에

영천 주차장에서 무작정 안동행 버스를 타고
이른 봄 메마른 국도 끝없이 달리는 버스
가로수 벚꽃나무 멀지 않아
꽃망울을 터뜨릴 것 같고
앞서랑 뒤서랑 오고가는 차량
사람과 돈에 노예가 되어
한평생 끝도 없는 굴레 벗어나지 못하고
살아도 살아도 만족이 없는 세상

버스는 두 시간쯤 지나 안동에 도착
낯설은 안동 이곳저곳 헤매고 다녔다
도산서원을 가려고 차를 기다리다
안동의료원이 우뚝 보였다

'가자 저기 가보자
태어나는 곳도 병원이고

마지막 가는 곳도 이곳이 아닌가'
나는 병원 대기실 손님들 사이에 끼어 앉았다
모두들 젊어서 패기가 넘치고 아름답던 사람들
세월 속에 못 이겨 늙어버린 노인들
정말 불쌍하게 보였다
조제실에 젊고 예쁜 약사들 흰 가운을 입고
환자에게 약을 지어준다

'저 몇 알의 약이 죽는 사람 살리기도 하고
아픈 사람 낫게도 하니 약은 약이구나'
속세 인연 다 버리고
물 맑고 공기 좋은 산속의 노스님도
젊고 예쁜 스님의 부축을 받으며 이곳을 찾으신다
예쁜 새댁들은 아기를 등에 업고
큰 아기는 손을 잡고…
정말 아름답다

야초

팔월의 한낮
용광로 같은 열기를 내뿜는 태양 아래

한 시 버스를 타고 주차장을 출발해
서문통 다리 위에서 신호를 받던 중
창 밖을 보았다

둘도 아닌 외로운 풀 한 포기
사람이 서 있어라 해도 있지 못할 곳에
아주 작은 잡초 한 포기

메마른 아스팔트 위에 흙이 아닌
모아진 먼지에 뿌리를 붙이고 사는 강한 모습

가는 허리 작은 키를
이리저리 굽히며

오고 가는 차량 매연 속에서
자기 생명을 지키려는 강한 모습

부족한 내 모습이 부끄럽구나

가을

억새풀 사이사이 찬 바람 스쳐 감을
조용히 귀 기울이는 계절
꽃 피던 춘삼월 싱그러운 여름
은행나무 참나무 서로서로 마주 보며
아쉬움을 나누듯
들녘에 피어 있는 아름다운 들국화
좋은 자리 나쁜 자리 가리지 않는
돌 사이 언덕 위의 코스모스야
잎잎이 꽃술마다
그리 탐스럽지도 않건만
너를 보는 순간마다
나의 마음 쓸쓸하다

만추

마지막 남은 한 장의 달력 앞에
머리 숙여 한 해를 생각해 본다

아무것도 해놓은 것 없는데
시간은 말없이
나의 삶을 빼앗아 가는구나

지나온 날보다
가야 할 날들이 너무도 짧게만 느껴지는구나
일 년으로 본다면 가을이라 느껴진다
60대…

자라던 들풀 아름다운 꽃들
차가운 서리 밭에 참혹하게 말라 있네

눈으로 본 겨울 하루

겨울 들어 첫눈이 왔습니다
조금 반복되는 하루가 시작되었습니다

밤사이에 작게 내린 눈으로
아침에는 도로가 미끄러웠고
오전의 포근한 날씨가
오후 들어 바람이 불고 추운 날씨가 되는군요
즐거운 마음으로 하루를 마치고 방에 엎드려
몇 자의 일기를 쓰고 있습니다

"한 살 더 먹으면 육십을 내다보는 옥수
지나온 날들이 후회스럽기도 하고
너무 억울한 나의 인생
이제 희망도 즐거움도 느낄 수 없는 나이

옥수는 정말 이렇게 여생을 보내야 할까

아름다운 이 동산에서

한 포기 이름 있는 꽃이 되지 못하고

이름 없는 잡초 되어 시들어 가는구나"

삶과 현실

오늘은 진종일 비가 온다
온 세상 대지를 적시며 비가 온다
나의 외롭고 한적한 하루가 계속되었다

누가 알아주리
깊은 산 속 우거진 잡초 속에
가냘픈 한 송이의 달맞이꽃
자줏빛 도라지꽃

제각기 예쁜 모습 고운 빛깔 자랑하고 싶지만
그 깊은 산골에는 인간의 자취 없어
이쁘다 아름답다 그 누가 알아주리

아아, 슬프다
잡초 속에 숨은 꽃
왜 그곳에 피었으리

즐거웠던 나의 인생

여보시오
앞서가는 저 젊은이
천하장사 아닌가요
모래밭의 장사라면
내 짐 질 수 있겠지요?

삼십 년을 이 짐 지고
이 길 저 길 걷다 보니
무거운지 가벼운지
감각조차 없소이다

여보시오 천하장사
이 짐 한 번 짊어지고
모래밭서 싸워보소
젖는 짐은 몇 근이고
남은 업은 얼마인지

보는 현실

인정이 메마르고 주위와 세상 돌아가는 것이
사람의 근본이 사라지고
우리 국민이 인정해 뽑아 주신 정치인들
많이들 배우고 풍채 좋으시고 존경받아야 할 분들
제가 보기엔 정말 모두가 불쌍합니다
어린 아기들부터 팔십의 노인들까지 보는
저 텔레비전 속에서의 난폭 행동과 욕설
무엇을 배워야 할지 정말
정치하시는 분들 지난 것을 버리고
앞으로 가야 할 길을 서로 뭉치고 의논하여
국민이 바라는 힘 있는 국가로 이끌어 주시고
서로 존경하고 믿을 수 있는 세상
높은 담과 철 대문 대신
옛날처럼
창호지 한 장으로 방 안을 가리며 살 수 있는
세상이 되었으면 하는 바람입니다

대구지하철 참사

아침 출근길 두더지길 지하철
검은 연기 하늘을 뒤덮자
아빠를 부르는 아이 엄마를 부르는 사람
이 암흑천지의 어처구니없는 이 순간

자식을 찾아 가족을 찾아 통곡 통곡
이 영혼 어찌하리 이 영혼 어찌하리
국화꽃 산더미처럼 쌓인 이곳
이 감당 어이하리 이 감당 어이하리

하늘은 비를 주신다 검은 육신 씻으라고
하늘이 비를 주신다 맑은 영혼 되라고
아, 그러나 이 아픔 언제 다 소멸할까

오어사

산이 좋아서 산에 왔습니다
나무가 좋아 산을 찾아왔습니다

오어사吾魚寺 자장암慈藏庵
날아갈 듯 가파른 산 정상에 자리 잡은 작은 암자

조용한 법당 앞에서 생각 없이 먼 산을 바라본다
산 너머 저 산 너머 가파른 계속 우뚝 솟은 산봉우리
누가 저리도 이곳저곳
오색 물감으로 울긋불긋 조화를 부렸을까

나무 한 그루 바위 하나 너무나도 아름다운 조화
자연의 신비스러움에 다시 한번 감탄한다

산짐승 날짐승 조화를 이루고
붉은 단풍 푸른 저수지의 물결의 대비가

더욱 신비스럽다

생각이 어지러울 때나 복잡한 생각이 들 때면
오어사의 단풍과 저수지의 푸른 물을 생각한다

산자락에 어둠이 깔리고 산새가 집을 찾고 나면
오어사 저수지에 달님 별님이 잠긴다

적막

머리를 베개에 붙이고
잠을 청하다…
세월 가는 소리
책상 위의 작은 시계
밤을 잊었는지
초침 분침 정확하게
세월을 갉아먹네

전등불은 꺼지고
아무것도 보이지 않는 깊은 밤
비켜라 빵빵 그렇게도
으싹으싹 두 눈에 불을 켜고
도로를 분주히 달리던
자동차도 끊어진 고요한 밤
가로등만이 잠에 취한 듯
고개 숙여 밤을 지키네

Ⅱ

동심의 고향

세월아 가거라
시간아 흘러라
나라는 이 물체는
어디에서 왔다가
어디로 가는 건가
옛 동산 어린 시절
꿈만 같구나

봄이면 앞뒤 동산
진달래 곱게 피고
뻐꾹새 소리 높이
울던 그 시절
나는 지금 옛 모습
볼 수 없지만
도리땅 진달래는
예쁘게 피어 있겠지

어머니의 일생

어두움이 채 가기도 전에
영천 오일장 날이 새기 무섭게
각기 각색 다양한 모습의 사람들

이것저것 모든 물건 등에 업고 머리에 이고
누가 불러 모은 듯
도로 양쪽 구석구석 모든 짐 풀어 놓고
올망졸망 모여 앉은 늙으신 어머님들

세월 속에 당신 모습 본래 원형 없어지고
살 오려낼 듯 추운 겨울
어머님이란 강한 모습

구부린 허리 제대로 펴지 못하시고
한평생 돈 자식 밤잠 설치며
살아오신 우리 어머니 어머님 사랑해요

자식들이여 따뜻한 손으로
차가운 부모님 손 어루만져 주소서

철이 든 자식들

아련한 기억 속에서 어릴 적의 나를 생각한다
내가 이 세상에 처음 울음을 터뜨린 날
어머님이 아름다운 이십 대
그러니 지금부터 오십 년 전
이 넓은 세상에 새싹이 돋아나듯
나는 큰 소리로 울며
유전 댁 둘째 딸로 귀엽게 태어났다

그날이 언제인고 칠월 이십육일
아, 날도 덥고 마음도 덥다
초롱초롱한 눈망울로 예쁘게 기고 걷고
한 살 두 살 하던 것이 벌써 오십다섯
아, 그 수많은 세월아…

이 시간이 흐르도록 부모 은혜 갚았는가
어떻게 부모은공 백분의 일

만분의 일 갚을 수가 있겠는가
내가 철이 들어 부모은공을 생각할 즈음
이미 부모님은 나를 기다려주지 않았습니다

아아, 보고 싶은 우리 엄마 아부지…

그리움

어머님 참사랑이 하도 그리워
내 고향 두메산골 찾아왔건만
반겨주신 어머님은 대답이 없고
어머님 그 모습이 그립습니다

언제나 잘되라고 말씀하시던
그 말씀 이제는 알겠습니다
어머니~ 어머니~
이것이 자식들의 마음입니다.

만날 수가 있어서 인연이라 했던가
옷깃만 스쳐도 인연이라 했는데
제행무상 모르고
바닷가로 헤매노라

덧없이~ 덧없이~ 파도에 부서지고

한 조각 초생달을 나는 보았네

살아난 나의 운명

옛날 옛날 높은 밤하늘의 작은 별 하나
땅에 떨어졌다
두메산골 어느 집 나의 운명의 씨가

유복자인 아버님
어려서 어머님 없이 자란 나의 어머님
이 두 분 사이에 둘째 딸로 세상이란 곳에서
부모님과 처음 만남
아마 그날은
바람 불고 우여곡절이 많았던 날인가 봐

부모님께 귀여움 많이 받으며 자라다가
조금 지나 무엇이 잘못되었는지
부모님의 애간장을 태우기 시작
매일 어머님 등에 업혀 병원으로 전전하며
열 살이 넘도록 병마와 싸웠다

시간이 흘러 구름에 해나듯
차츰차츰 건강한 날이 돌아왔지만

누구에게나 존재했음을

나는 참 꿈도 잘 꾼다
개꿈도 돼지꿈도 모두가 꿈인 것을
그러나 내가 찾는 꿈은 이 꿈이 아니고
어릴 때 꾸던 꿈은 한 번도 만나보지 못했다

가시 돋친 세상의 날도깨비 같은 현실이
나를 사로잡고는 앞서서 도망치며
또다시 고행의 언덕이 나의 발목을 잡는구나
나는 도망가리
아무도 보이지 않는
어둡고 어두운 그믐밤에
재수 없는 업 보따리 던져버리고

세월

홍치마 노랑 저고리
예쁜 신 갖추어 신고
님이라는 글 한 자에
나의 인생 맡기고
앞날의 설계는 장롱 속에 싣고
신부라는 행복은 가슴에 안고
이정표 길을 따라 시집가던 날
꿈 같은 이십 대

덧없는 세월 속에
인생 굴레 돌다 보니
행복과 즐거움은
나의 곁을 떠나고
모진 세월 싸우다 보니
속절없는 세월들
일장춘몽 꿈이로다

청춘의 꿈

사람은 누구나 엉뚱한 꿈이 있다
이 꿈은 밤에 꾸는 꿈이 아니고
사춘기 때 꾸는 꿈
북두칠성 가져다가 주춧돌 놓고
계수나무 찍어다가 기둥 세우고
은하수 주워 모아 울타리 만들어
초가삼간 우뚝 지어 사리문 열어 놓고
행복하게 살리라
꿈 많고 생각 많은 이십 대 사춘기
마당 넓게 방은 크게 궁전같이 지어 놓고
친구벗 다들 모아
얼시구 좋다 절시구 좋다
신선 같이 살고파라
무정세월 어쩌다가
신맛도 아니 나고 단맛도 없는 세월
이십 대 놀던 친구 동서남북 흩어졌네

보고 싶다 친구들아

설 추석 기다리며 코 흘리던 어린 시절

이삼십 예쁜 나이 아들딸 키울세라

정신없이 살다 보니

세월은 흘러가고

둥지 속에 아들딸들 고만고만 잘 자라서

제 갈 길을 떠나가고

궁전 같은 빈집에서 백발 부모 홀로 남아

집 나간 아들딸 노심초사 기다리면

껍질만 남은 부모님

상처

아담과 이브가 뛰놀던
아름다운 이 동산의
예쁜 장미 한 포기

아빠 엄마 힘 받으며
어여뻐라 그 장미

이십 년 고이 기른 가시 돋친 장미야
예쁜 꽃 피우려 가지가지 꽃망울 맺어 놓고
참혹하게 꺾여버린 가련한 장미야

봄은 수십 차례 오고 갔건만
한 번 꺾인 그 상처로 피멍 들어 울고 있네

추억의 이십 대

이십 리 산길 따라 굽이굽이 돌아가면
나의 뼈가 자란 곳 즐거웠던 고향 마을
논두렁 밭두렁 쑥 뜯고 냉이 캐며
어머님 손을 잡고 자라난 산촌 마을
우리 집 뒤 대밭 살구나무 벚꽃나무
올해 봄도 날 보란 듯
한 잎도 변함 없이 예쁘게 피었겠지
백합꽃 봉오리처럼 어여쁘던 내 모습
세월 속에 흘러 흘러 낙엽되어 가는구나

슬픈 모정

진눈깨비 바람 섞여 차가운 오늘
엄마 마음 얼고 있다

지난 세월 너가 거닐고 남은 발자국
볼래야 볼 수 없는 남은 흔적들

눈 내린 오늘은 더욱더 그리워
온종일 엄마 마음
창밖의 추위 속에 울고만 있다

오오, 너는 지금 어드메
한 포기 잡초 되어 숨어 우는가
바람에 그리움 싣고
너를 찾아 헤매노라

한 어미의 슬픔

바람처럼 물결처럼

흘러간 세월아

우리 모자 떼어 놓고 흐르는 세월아

어느 때나 멈추어서 모자 상봉하겠는고

낙엽 지고 새싹 돋아

꽃 피는 봄 오고 가도

이승과 저승길 얼마나 멀고 먼가

많은 시간 오고 가도 찾아볼 수 정말 없네

그리움에 눈물짓는 모진 이 엄마

소망

이른 새벽 안개 사이 헤치며
아련히 보이는 꿈 같은 지난날들
아들아 시간이 너를 기다릴 것이다
자그마한 웅덩이에 고인 물이
큰 강물과 어울릴 그날을 향하여
학처럼 큰 날개 펴고 힘차게 창공을 날 때
해냈노라 이겼노라 세상 싸움에 이겼노라
꿈이 아닌 현실 속에 나는 이겼노라
아들을 보는 가냘픈 한 어머니

울타리 가족

세상이 나로부터 등을 돌릴 것 같은
무서운 고독에 빠져 있을 때
갑자기 세상 사람들이 타인처럼 낯설어
삶의 파도를 넘어설 수 없을 것 같은
끝없는 우울증에 시달릴 때
언제나 같은 거리에서 나를 지켜봐 주며
엄습해 오는 고독과 우울증을 막아주는 울타리
가족이란 이름의 끈끈한 사랑이 있어
세상 살 용기를 잃지 않게 한다

거울을 보면 거기
나와 닮은 얼굴들이 겹친다
나의 얼굴 속에는
형제의 부모의 할아버지 할머니의
얼굴이 있다
가족이란 이름을 공유하고 있는

나의 하루

작은 초인종 시계
일어나라 나를 깨우네

머리 감고 세수하고
한 계단 두 계단 내려와
약국 문을 열자
장에 오신 손님들
한 분 한 분 약국에 들어왔다

하루가 시작
가만히 생각해 보며
사람 사는 것 참 재미있다

아무 일 없이 흥이 나는 날
또 어떤 날은
기분이 울적한 날 짜증이 나는 날

자기 마음도 잡지 못하고 이랬다저랬다

오늘도 약 팔고 밥하며
여러 사람 맞이하며 하루 해가 저물어
다시 내일을 기다리며
잠을 자는 옥수아지매 하하…

굴러가는 것들은 바퀴가 있나
나를 향해 달려오는 세월의 바퀴
자전거의 패달을 힘차게 밟으며
삼사십 지난 세월 뒤돌아 갈 수만 있다면
얼마나 좋을까……

굴러가다 멈춘 곳을 고향이라 부른다
영천중원약국

정말 고맙습니다

나는 날개가 없어 날지 못하고
바퀴가 없어 움직이지 못하고
세월에 낙엽 지듯 눈물이 볼에 굴러 폭포가 떨어지던 날
세월의 바퀴에 실려 달려온 이십 년

보잘것없는 나를 긴 세월 보살펴주신 약사님
정말 고맙습니다.
옷깃만 스쳐도 인연이라 했는데
못하고 부족해도 항상 바다 같은 마음으로 이해하시고
수많은 나의 시련을 슬기롭게 잘 해결해 주셔서
정말 고맙습니다.

정약사, 이약사, 정희
같은 식구되어 어느덧 육 년
길다면 길고 짧다면 짧은 시간
못하는 것이 너무 많아도 항상 좋아해 주고

살펴주는 마음 고-맙게 생각한다

약사님 저는 세월을 원망하지 않고
복된 마음으로 그날그날 열심히 살아왔습니다
옥수도 좋은 날 웃는 날 있으리라 믿습니다
약사님 맞지요 하하하…
약사님 가정
항상 좋은 일 기쁜 일만 있기를 빌고 또 빌며
약국 식구 모두 항상 건강하고 복된 날 되기를 바랍니다

애처로운 형제

승용차 한 대가 내 발을 굴리며
마음 끝 달리다가 멈춘 곳
상자 모양의 쌓아 올린
어느 병원문을 열고 들어서는 순간
나의 피가 흐르는 언니를 보았다
정말 애처로워 보였다
얼굴 골에 잡힌 주름
지난 세월 흐름을 하나하나 새겨둔 채
창백해 보이는 언니
어린 날 아주 작은 행복의 배를 타고
잔잔한 강물 위로 마음껏 떠돌며
자라던 그 모습 사라진 지 언제인고
당치도 않은 흰 침대에 누워
병원의 이름이 쓰여 있는 옷을 입고
병마와 싸우는 언니
속으로 소리 없이 불러 봤다

엄마 앞에 등 내밀고 긴 머리 쫑쫑 땋고
검은 치마 흰 저고리 처녀란 이름 붙여
예쁘기만 했던 우리 언니
육십 대 풍상 속에
모든 혼신 젊음을 자식에 헌신하고
쓸데없는 껍질만 병마와 싸우누나

시누 남편 마지막을 보며

뜨거운 이 심장이 뜀박질 치며
죽음의 시간을 약속이나 한 것처럼
누구도 대신할 수 없는
이승과 저승의 갈림길에서

사랑하는 가족을 저 먼 터널 속으로
희미하게… 잿불처럼
아무런 인연이 없는 듯
차갑게 차갑게 육신이 식어 간다

부모님께 받은 이 몸 오십사 년 이용하다
오늘 비록 돌려드리리
영혼은 하늘로 육신은 물이 되어
이슬처럼 사라진다

오십사 년 살던 집은 잠시 쉬어 가는 곳

칠십 평생 쉬지 않고 열심히 살아봐도
마지막 가는 길은 가진 자나 없는 자나
땅 몇 평 베옷 한 벌 그것이 끝이로다
홀로 왔다 홀로 가는 부질 없는 몸

연경이네 할머니

개나리 곱게 피고 목련꽃 아름답게 봄을 알리는
뒤로는 큰 강이 흐르고 앞에 보이는 작은 산은
마을을 감싸고
크고 작은 집들이 옹기종기 모여 사는 정겨운 마을

조자 규자 명자의 할머니 구일마을에서
꽃다운 어린 꿈을 키워
여언 완산동 이자 종자 옥자의 할아버님과
백 년의 꿈을 꾸며 네 칸짜리 겹집에서
아들딸 칠 남매 내 혼신 다 바쳐
훌륭하게 잘 키워 곳곳에 살게 해 놓으시고

홀로 남으신 할머님 훈기 나던 큰 집은
주인 잃은 물건처럼 썰렁하게 느껴지는구나
덧없는 세월은 되돌릴 수 없고
백발의 할머니는 지팡이에 의지하여

대문 앞 담벼락에 서서

아들이 탄 차가 대구로 향하여 떠나자
말없이 눈물짓는 팔십의 할머님
자식 위해 관세음보살 마음속 읽으시는
어머니의 참모습 아무도 모르리라

자신감

바람이 분다

사정 없이 햇살이 내리 쬐인다

함박눈이 펑펑 쏟아지기도 하고

거세게 빗줄기가 내리꽂히기도 한다

바람을 가르고 햇살을 헤치고 눈비와 부딪힌다

논밭에서 시장에서 직장에서

자신의 삶을 솔직하게 일구는 수많은 사람들

부지런해야 산다는 소박한 인생관으로

자기의 땀을 아끼지 않는 서민들 모두에게

건강한 마음이 있다

좋은 꿈이 있다

솔직한 삶의 향기가 있다

Ⅲ

사모곡 思母曲

보고싶다　　보고싶다　　우리엄마　　보고싶다
어머님의　　몸을빌어　　이세상에　　나온나는
어머니께　　심중호소　　남김없이　　하고싶어
불초소생　　둘째딸이　　어머님을　　부릅니다
어머니와　　이별한지　　어언벌써　　몇년인고
하루이틀　　한달두달　　일년이년　　지내다가
삼사년이　　흘렀건만　　부모소식　　전혀없다
어머님요　　어머님요　　금년봄엔　　돌아오소
꽃도피고　　잎도피고　　산천초목　　소생해도
한번가신　　우리엄마　　만나볼길　　전혀없네
잔정많은　　우리부모　　도리땅골　　깊은곳에
자죽자죽　　남긴자취　　구구절절　　생각나네
자식사랑　　우리부모　　천만년을　　사시리라
태산같이　　바랬더니　　한백년도　　못사시고
도솔천상　　좋은곳에　　누가불러　　가셨나요
가소롭다　　우리인생　　한번하직　　끝이로다

이승에서　저승으로　가는길은　있건마는
저승에서　이승으로　오는길이　없음인지
가는사람　많건마는　오는사람　하나없다
아버지요　어머님요　우리들이　어릴때는
마냥청춘　될줄알고　봄이오면　앞의논에
소를몰고　쟁이메고　이논저논　갈아놓고
백발됨을　생각않고　허둥지둥　살았지요
우리여섯　남매들을　먹일세라　입힐세라
잠을자지　않으시고　열심히도　사셨지요
육개월된　유복자로　이세상에　태어나서
부모사랑　모르셨던　아버지의　한평생은
굽이굽이　고생고생　허망하기　그지없네
오뉴월의　뙤약볕에　길쌈하고　무명따서
구슬같은　땀방울에　더운줄도　모르시고
고되다는　생각않고　웃음짓고　사셨지요
자식들이　무엇인지　내몸잠깐　쉬지않고
짚단으로　불을때어　감자삶고　밀떡쪄서
저희여섯　남매들을　배불리도　먹였지요
당시에는　자식들이　부모은혜　모르고서
천방지방　자랐건만　오십넘은　오늘에야

부모님의　크신사랑　문득홀연　생각난다
미안해요　우리부모　죄송해요　어머님요
생각조차　못하였던　우리부모　보고싶다
아빠엄마　부르면서　쑥을뜯고　냉이캐며
어리광을　부리면서　세상구별　못했건만
오늘마냥　생각나서　이래볼까　저래볼까
제아무리　생각해도　이미때가　늦었으니
좋은술을　빚어봐도　모두가다　허사로다
좋은음식　차려놓고　엄마아빠　불러봐도
어느곳에　계시는지　가신곳을　알수없다
큰소리로　부르건만　못들어서　대답없나
산이가려　못듣는가　강이넓어　못듣는가
응답말씀　전혀없네　어서빨리　대답하소
우리여섯　남매들을　꽃보다도　예쁘다며
애지중지　하시면서　지극히도　아끼셨던
아버지의　목멘음성　아직귀에　쟁쟁한데
이자식도　어언오십　남은세월　얼마없소
어머님요　어머님요　삼사십대　젊을때에
마당에다　멍석펴고　모깃불을　지펴놓고
우리들을　재워놓고　밤늦은줄　잊으신채

삼을삼고　　길쌈하며　　날새는줄　　몰랐지요
오일장이　　돌아오면　　무명치마　　둘러입고
마늘몇접　　머리이고　　십리길의　　아화장을
빛살같이　　갔다와서　　이것저것　　챙긴다음
배고프지　　하시면서　　물을뜨고　　밥을퍼서
풋고추에　　된장찍어　　많이먹고　　놀라셨지
무정하다　　우리엄마　　어이그리　　야속하오
애지중지　　하던자식　　잘살라는　　말도없이
염라대왕　　분부받아　　저승사자　　동행하여
밤과낮을　　구별않고　　저승길을　　떠나셨네
들어보소　　들어보소　　염라대왕　　들어보소
우리모친　　착한마음　　이승사람　　다압니다
부디참작　　잘하시어　　극락왕생　　시켜주소
어머님요　　어머님요　　저승으로　　가시거든
지장보살　　친견하고　　아버님을　　만나시어
생로병사　　없는그곳　　편안하게　　잘사시고
우리들의　　걱정일랑　　한치인들　　하지마소
나무아미타블　　　나무아미타블　　　나무아미타블
엄마엄마　　우리엄마　　나는나는　　유달리도
잔병치레　　많이하여　　엄마간장　　다녹였다

날키운것	생각하면	어찌보답	다하리까
부처님전	찾아가서	촛불향불	꽂아놓고
비나이다	비나이다	부처님의	공덕으로
우리부모	극락왕생	백팔배로	비옵니다
엄마엄마	우리엄마	아버지를	만나거든
이세상의	모든고뇌	온갖일을	잊으시고
살아생전	못다한정	오순도순	나누시며
부모형제	만나셔서	고향산천	좋은곳에
황토흙을	밥을삼고	푸른솔을	올로삼아
부디편히	잘사소서	부디편히	잘사소서
이세상의	사람들아	부모님이	계시거든
가신뒤에	후회말고	계실때에	잘하시오
지금아직	늦지않소	부디부디	잘하시오
부모님의	높은은혜	하늘로도	못비기니
부모님의	깊은사랑	어찌말로	다하리까
부디부디	생각하고	깊이깊이	반성하소
그큰정을	엄마아빠	계실때는	몰랐는데
자식낳아	길러보고	나이먹고	늙어가니
부모생각	절로나고	깊이깊이	사무치네
이세상에	태어나서	일평생을	다한뒤에

가장크게　남는것은　잘장성한　자식인데
엄마엄마　우리엄마　내가무슨　자식이고
우리여섯　남매들을　동서남북　출가시켜
아들딸들　못살까봐　육칠십을　걱정했네
그어느날　갑작스런　진주동생　전화연락
눈물섞인　목소리로　어머님의　부음이다
너무깜짝　놀란마음　하늘땅이　무너진듯
세상천지　참참하고　정신마저　아득하다
겨우마음　진정하여　어두운길　무릅쓰고
천리밖의　진주땅을　허겁지겁　찾았건만
자애로운　엄마모습　이세상에　간데없네
땅을치며　목을놓아　엄마엄마　불렀건만
들은체도　아니하니　통곡통곡　통곡이야
엄마없는　이자리는　무엇으로　대신하며
아빠없는　이자리는　무엇으로　채우리까
엄마엄마　우리엄마　보고싶다　우리엄마
이화도화　만발할때　꽃을따라　오실래요
한여름의　비오는날　빗발따라　오실래요
단풍구경　나왔다가　우리보러　오실래요
엄마엄마　걱정마소　우리모두　잘살게요

엄마대신　　언니보고　　아빠대신　　오빠보고
사랑으로　　동생보며　　건강하게　　잘살게요
선산계곡　　좋은곳에　　부모형제　　동참하여
사이좋게　　잘지내소　　불초여식　　비나이다
나무아미타불　　나무아미타불　　나무아미타불
다독다독　　진정으로　　하나같이　　키웠건만
부모은혜　　모른다면　　그게무슨　　자식이고
뼈를깎아　　보답한들　　부모은혜　　갚을소냐
죄송해요　　부모님요　　부디여기　　다시오소
다시한번　　같이살면　　정말정말　　잘할게요

- 최옥수가 부모님을 그리워하며 글을 쓰다

지난 삶을 돌아보며

나 최옥수崔玉秀는 1947년 7월 26일에 경주시 서면 도리에서, 아버지 최해장과 어머니 이수예로부터 귀중한 생을 받았다. 6남매의 둘째.

동쪽의 인출산과 서쪽의 관동산 등, 사면에 높고 낮은 산들이 에워싸고 있는 고향 마을은, 가을이 되면 고추잠자리가 떼를 지어 날고 밤이면 반딧불이 앞을 밝히는, 평화롭고도 아름다운 곳이었다.

아버지는 정미소를 경영하고 농사를 지으면서, 6남매를 애지중지하며 키우셨다. 그래서 우리는 원하는 것이면 무엇이든 들어주고 감싸주고 일러주는 부모님의 자상한 사랑을 듬뿍 받았다.

그런데 내 나이 2살이 되었을 때, 병명을 알 수 없는 불치의 병에 걸렸다. 기운도 없고 먹지도 못하고 눈마저 뜰 수가 없는 병. 누워서만 지내야 하는 이상한 병.

병원도 없는 시골인지라, 어머니는 나를 업고 이 의사

저 의사를 찾아다녔지만 치료는커녕 병명조차 알아내지 못하였다. 하는 수 없이 시골에 있는 무면허 돌팔이의사를 찾아가서 수액을 맞으며 근근이 명줄을 이어갈 뿐이었다.

그렇게 먹지도 못하고 다닐 수도 없는 세월이 무려 10년, 언제 죽을지 알 수 없는 10년 세월을 눈을 감은 채 비몽사몽간에 살았다.

아, 죽을 때가 된 것인가?

12살이 되었을 때 나는 삼 일 동안 저승과 현세를 오가고 있었다. 모든 사람이 내가 죽는다고 생각했다. 그런데 기적이 일어났다. 할머니께서 기적을 일으켜 주신 것이다.

"기왕 죽을 것. 마지막으로 한 번 해보자."

'살려야 되겠다'고 작정을 한 할머니는 먹든 안 먹든 토종꿀을 따뜻한 물에 타서 입에 자꾸 떠넣어 주셨다. 꿀물은 입에 넣어주면 밖으로 흘러 나가고 밖으로 빠져나갔다. 그래도 조금은 넘기고 있다는 것을 느낀 할머니는 계속해서 꿀물을 먹였다.

마침내 나는 이 세상으로 돌아왔고, 그날부터 건강을 되찾아 잘 살 수 있게 되었다. 10년 만에 밝은 하늘을 볼 수 있게 되었고, 맑은 눈빛으로 세상과 어우러져 살아가게 되었다.

학교도 가고 친구도 사귀었다. 특히 책을 보는 것이 너무나도 좋았다. 삼국지를 비롯한 소설책을 즐겨 보고, 위인전을 읽으며 정신세계를 열어 갔다. 그야말로 책을 보는 재미로 살아간 것이다.

하지만 오랜 병고로 인해 생활 능력은 기르지를 못하였다. 밥도 할 줄 몰랐고 돈 관리도 못 하고 물건을 살 줄도 몰랐다. 그렇게 비현실적인 삶을 살며 하루하루를 지냈다.

그렇다고 하여 부모님을 늘 옆에 끼고 살 수만은 없지 않은가? 나이 스물이 되자 부모님은 결혼을 시켰다.

꽃 같은 고운 신부가 되어 남편을 따라간 시집. 그러나 시집살이와 결혼 생활은 고운 꿈이 아니었다. 정신적으로 육체적으로 경제적으로 많은 어려움이 뒤따랐다. 더욱이 밥조차 할 줄 모른 채 십 대를 보내었으니….

그러다가 23세에 첫째 아들을, 25세에 둘째 아들을

낳았다. 철부지 엄마에게서 태어난 두 아들! 착한 두 아들은 예쁘게 잘 자라주었다.

쌀이 없어 밥을 못 먹이고 학교를 보낸 적도 여러 번 있었다. 그야말로 부족한 부모 만나 배가 고프게 지냈지만, 고운 두 아들은 엄마에게 날마다 행복을 안겨 주었다.

그러나 하늘의 질투인가? 하늘은 나를 곱게 두지 않았다. 큰아들이 열다섯의 나이로 저세상으로 떠난 것이다.

그날부터 40년, 나는 먼저 벙어리가 되었다. 아무도 없는 방 안에서 혼자만의 생활을 했다. 친정 인연도 끊고 주변 사람 누구도 만나지 않고…. 그야말로 무인도에서 홀로 살 듯이 하였다.

그때 우연히 둘째 아들의 일기를 보았는데 형에게 쓴 글이 있었다.

"형아, 하늘나라에서 동생 꼭 지켜줘.

형이 못한 효도, 엄마 아빠께 다할게."

나는 초등학교 6학년인 둘째 아들의 일기를 보며 하염없이 울었다.

그날부터 나는 진짜 '나'를 보고 싶었다. 그래서 '나'를 찾고자 하였고, 세 가지 원칙을 갖고 힘써 '나'를 닦았다.

첫째 참을 것

둘째 기다릴 것

셋째 '나'를 만들 것

이 세 가지에 몰두하며 살았다. 참고 '나'를 기다리면서 '나'를 만들어 갔다.

그렇게 일 년가량을 지내다가 영천시에 있는 약국에 취직을 하였다. 그때가 38세. 나는 약 팔고 약을 조제하면서 58세까지 20년을 그 약국에서 근무했다.

그때도 나는 세 가지 원칙을 지켰고, 지난 삶을 회상하여 틈틈이 시를 썼다. 그 시들 중에서 가려 뽑아 『쉬어가는 나무』라는 제목의 이 시집을 내게 된 것이다.

그런데 약국 근무로 내 인생은 끝나지 않았다. 새로운 삶이 열린 것이다.

약국을 그만두고 지금의 집으로 와서 하룻밤을 잤는데, 2004년 12월 29일에 전라도에 있는 여인과 자양에 있는 젊은 여인 두 사람이 나를 만나겠다고 찾아왔다.

나는 운명을 보러 다닌 적이 없다. 점집도 사주 보는 곳도 가지 않았다. 그런데 두 사람의 사주가 그냥 다 알아지는 것이었다. 신이 내린 것도 아니요 사주를 배운 것도 아닌데….

나는 이것을 '전생인연법 사주팔자'라고 한다. 저절로 사람들의 전생인연을 알게 되었기 때문이다. 곧 전생을 들어가 봄으로써 현재의 일들을 해결할 수 있는 방법이 다 나오는 것이다.

전생인연법이 저절로 알아진 나는 '왜 이러한 현상이 나타나는가?' 하여 나의 전생을 돌아보았다. 그랬더니 전생의 나는, 바위 위에서 하늘을 우러러보면서 도를 닦은 황씨 성을 가진 남자였다. 그렇게 도를 닦아 열린 눈으로 이번 생에 사람들의 근심걱정을 덜어주고 있는 것이었다.

나는 찾아오는 사람들에게 '왜 왔느냐?'를 묻지 않는다. 또 생년월일도 묻지 않는다. 그냥 보면 답이 나온다. 음성만 들어도 해결책이 나온다. 마음의 눈이 열려서인지 지혜의 눈을 떠서인지, 그냥 근심걱정을 들어주면서 근심걱정을 덜어내어 주는 처방을 제시하는 것이다.

약 1년 6개월이 지났을 무렵, 누군가가 큰 대나무를 가지고 와서 집에 꽂으라고 하는데, '대나무를 버려라'고 하는 소리가 들려와서 애초 꽂지도 않았다.

그리고는 하느님으로부터 '봉림원峯林願'이라는 이름을 받았다.

"산이 높으면 수풀이 풍부하니 한 가지 소원은 얻어 갈 수 있는 삶을 살게 된다"고 하셨다. 그래서 2006년 8월 13일부터 이 이름을 쓰고 있다.

그동안 이 봉림원에서 참으로 많은 이들을 만났다. 그리하여 많은 이들에게 길을 제시하고 안정을 주었다. 현재 마음에 걸리는 것이 있다면 돈을 받고 봐주는 것이다.

처음에는 무보수로 오로지 내 능력을 베풀었는데, 생활고 때문에 성심껏 받았고, '돈에 욕심 없이 그날그날 내 마음이 아름답고 맑아야 된다'는 것과, 찾는 이들의 모든 일이 순탄하게 이루어지고, 복 짓고 복 쌓는 삶을 이루었으면 하는 마음으로 임하고 있다.

그럼 지금의 내 심경은 어떠한가?

모든 인연이 감사하다. 모든 것이 감사하다. 특히 성실하고 착하게 잘 살아가는 둘째 아들과 곱고 아름다운 며느리를 정말 사랑하고, 눈에 넣어도 아프지 않은 세 손녀를 보면서 행복을 느끼며 살아가고 있다.

마지막으로 모든 분들게 당부드리고 싶다.
누구의 탓도 하지 말 것을!
모두가 나의 마음가짐에 있다는 것을!
어떤 업을 받으며 어떻게 살아가느냐는 우리의 마음가짐에 있으니, 탓하지도 원망하지도 불평하지도 말고 평화롭게 살기를 기원해본다.
보잘것없는 나의 시를 읽는 모든 분들!
"크게 행복하세요."

2023년 4월 15일
봉림원에서 최옥수 拜

쉬어가는 나무

초 판 1쇄 펴낸날 2023년 05월 08일

지은이 최옥수
펴낸이 김연지
펴낸곳 효림출판사
등록일 1992년 1월 13일 (제2-1305호)
주 소 서울시 서초구 반포대로14길 30, 907호 (서초동, 센츄리Ⅰ)
전 화 02-582-6612, 587-6612
팩 스 02-586-9078
이메일 hyorim@nate.com

값 8,000원

ISBN 979-11-87508-88-5 (03810)